GRAND-THÉATRE DE BORDEAUX

DIRECTION DE M. BICHE-LATOUR

FRANTZIA

Ballet en un acte

PAR

MM. Eug. DUVAL & Ernest GONTIÉ

MUSIQUE DE M. J. SCHAD

Représenté pour la première fois sur le Grand-Théâtre de Bordeaux,
le Vendredi 5 Décembre 1862.

PRIX : 25 CENTIMES

BORDEAUX

FÉRET fils, libraire-éditeur, fossés de l'Intendance, 15.

1862

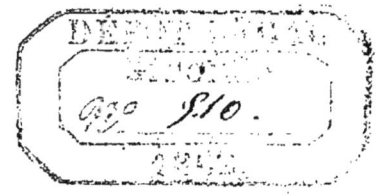

FRANTZIA

GRAND-THÉATRE DE BORDEAUX

DIRECTION DE M. BICHE LATOUR

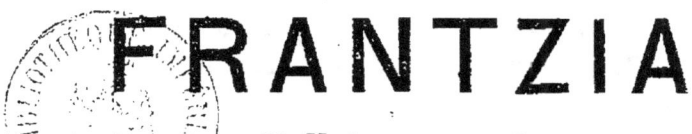

FRANTZIA

Ballet en un acte

PAR

MM. Eug. DUVAL & Ernest GONTIÉ

MUSIQUE DE M. J. SCHAD

Décors de MM. J. SALESSES & E. BETTON

Représenté pour la première fois sur le Grand-Théâtre de Bordeaux,
le Vendredi 5 Décembre 1862.

PRIX : 25 CENTIMES

BORDEAUX

FÉRET fils, libraire-éditeur, fossés de l'Intendance, 15.

1862

PERSONNAGES.	ACTEURS.
FRANTZIA....................	Mlles LOUISE LAMOUREUX.
La Comtesse D'ALAIS........	KOHLEMBERG.
MAURICE....................	MM. GUILLEMIN.
RAMOUNY....................	BLANCHARD.
BARBOTIN, son fils.........	PORGE.
Un Bohémien...............	POLYDORE.
Une Bohémienne............	Mlle MARIA STELLINO.

Villageois, Bohémiens et Moissonneurs des deux sexes.
Curieux, Marchands et Touristes des deux sexes.
Domestiques de la Comtesse d'Alais.

---

*La scène, en 1815, près de Lausanne, sur les bords du
lac de Genève.*

.....C'est en approchant de Villeneuve, qu'on découvre enfin la merveille
que les Grecs appelaient « le *lac du Désert*, » que les Suisses appellent
« le *Léman*; » que les Français nomment « le *lac de Genève*, » et que Byron
saluait de son vrai nom : « le *lac de Beauté*. »

.....Après Chillon et Clarens, c'est Vévey, deux fois cher à l'auteur des
Confessions et de la *Nouvelle Héloïse;* Vévey où il avait connu Mlle Wulson,
son premier amour ; Vévey où était née Mme de Warens, son plus heureux sou-
venir !

Toute cette extrémité du lac est le climat le plus doux de la Suisse, et un
des plus beaux de l'Europe.

.....La situation de Lausanne, au-dessus du lac, en face du Mont-Blanc, est
la plus belle qu'on puisse rêver. La ville est coquette et charmante à voir,
avec ses jardins en terrasses, et ses rosiers en haies sous des arcades de pam-
pres.

ÉMILE DESCHANEL.

(Journal des Débats, du 26 décembre 1861.)

FRANTZIA.

La toile de fond représente un des golfes les plus brillants du lac de Genève, près de Vévey et de Lausanne.

Un merveilleux horizon de montagnes, aux cîmes neigeuses, et aux flancs desquelles s'attachent des villages et des bourgs nombreux, complètent le ravissant tableau de ces lieux (pittoresque et douce frontière entre la Suisse et la Savoie).

A gauche de la scène, une élégante maisonnette, un peu en saillie, dont le balcon est festonné de vases de fleurs et de plantes grimpantes.

Un pan coupé, percé d'une fenêtre, permet de voir le coquet intérieur de la chambre à coucher de Frantzia.

Au devant d'une porte de cette maisonnette, donnant du côté de la scène, est une riante tonnelle.

Au bord du lac, de petites plages de sable fin.

Une troupe de bohémiens est éparpillée à terre, et dort çà et là, entre les roues des chariots, derrière des lambeaux d'étoffes. Tous, hommes, femmes et enfants, offrent une complète bigarrure de haillons aux couleurs éclatantes.

Le jour commence à peine.

SCÈNE Ire.

Au lever du rideau, les bohémiens s'éveillent et se lèvent debout, se lutinant gaîment l'un l'autre. On plie les tentes ; les chariots sont prêts à partir.

Il faut se mettre en quête de la recette du jour qui s'ouvre, et se répandre dans la campagne. On se partage les rôles ; puis, quelques vivres restants sont distribués, et l'on vide la dernière outre que les buveurs se passent de mains en mains.

DANSE.

Nº 1. — **Seguedille**, par MM. et Dames du corps de ballet.

Tous les bohémiens se dispersent de divers côtés.

SCÈNE II.

Maurice vient discrètement (après avoir guetté le départ des bohémiens) cueillir la plus belle rose des espaliers voisins ; *(Air de la* Rose des Alpes*)*, et, après avoir baisé cette fleur à plusieurs reprises, l'attache à la persienne de Frantzia, pour que sa bien-aimée trouve, en sortant, ce simple gage du pur amour de Maurice.

Mais avant de se rendre à son travail habituel des champs, Maurice s'arrête un instant attristé.

— Qui suis-je donc ! pour prétendre ainsi à devenir l'époux de Frantzia ? Insensé ! quel rêve est-ce que je caresse-là ?

Il tire de son sein un médaillon et le considère avec une douloureuse passion.

SCÈNE III.

Frantzia est déjà levée ; elle a entendu des pas et de légers bruits près de sa porte. Un pressentiment lui a dit, d'ailleurs, que son cher Maurice était là. Elle prend le bouquet fixé à sa persienne ; puis, toute émue et souriante, l'heureuse et aimée Frantzia met le bouquet à sa ceinture.

DANSE.

N° 2. — **Petite valse**, par Mlle Louise Lamoureux.

Mais Frantzia n'a pas laissé que d'apercevoir Maurice considérant le médaillon ; elle veut apprendre quelle est cette rivale ? Serait-ce l'image d'un amour précédent et regretté ?

Elle s'approche et, Maurice, en la voyant, cache bien vite le médaillon dans son sein. Quand Frantzia est là, peut-il s'occuper d'autre chose que d'elle ?

Ce n'est pas là le compte de la jalouse Frantzia ; et, ne pouvant obtenir que Maurice lui montre le

médaillon, elle jette au loin le cher bouquet de
tout à l'heure, assure Maurice de son peu d'amour
pour lui ; puis, elle s'empresse de rentrer, pleine de
dépit, et en essuyant en secret une larme.

Maurice veut d'abord suivre Frantzia et lui tout
expliquer ; mais la porte s'est refermée, et d'ailleurs
l'heure du travail des champs réclame Maurice ; il
faut qu'il parte : il se hâte, et envoie de loin de
tendres baisers à Frantzia, cachée boudeuse chez
elle.

SCÈNE IV.

Barbotin, soupçonneux et craignant d'avoir été
devancé, arrive, conduit par Ramouny son père.
Barbotin est tout essoufflé et marche d'un pas
lourd. Il porte un gros bouquet qu'il vient, lui aussi,
mais en vain, attacher à la porte de Frantzia.
Voyant qu'il n'y peut parvenir, Ramouny lui dit de
jeter son bouquet à l'intérieur par l'œil de bœuf
qui est au-dessus de la porte. Tous deux se félici-
tent vivement de cette *ingénieuse* idée.

SCÈNE V.

La comtesse d'Alais est entrée en scène sur ces
entrefaites, suivie de domestiques qu'elle renvoie à

l'hôtel voisin. Elle veut se livrer tout entière à ses souvenirs et à ses recherches. La comtesse s'étudie à se rappeler les lieux, malheureusement bien changés, où vingt ans auparavant, obligée de fuir, pendant l'émigration (dans un exil lointain qu'elle n'a pu briser depuis) elle a déposé, avec une grosse somme, son enfant entre les mains d'un jeune ménage ; mais cela, rapidement, et sans dire son nom, afin de faire perdre les traces de sa fuite.

Au moment où Ramouny et son fils se retournent, Ramouny et la comtesse ne tardent pas à se reconnaître, quoique, réciproquement, ce ne soit là, de leur part, qu'une vague certitude. Ramouny veut persuader à Barbotin, qui ignore tout, de ne pas s'arrêter à ces caprices d'une imagination sans doute en délire ; il ne sait ce que veut dire cette femme, etc., etc., et prétend poursuivre sa route avec Barbotin.

Mais la comtesse insiste ; cet embarras de Ramouny, cette porte de maisonnette d'où ils paraissent sortir, etc., tout confirme la comtesse dans ses soupçons. Elle prend Ramouny à l'écart.

— C'est vous à qui j'ai confié mon enfant, il y a vingt ans ; vous êtes Ramouny !.. Votre femme ?.. vous ne l'avez plus !.. voilà sans doute le fils qu'elle vous a laissé et qu'elle nourrissait ?.. Mais le mien ? le mien ? qu'en avez-vous fait ?.. Vous habitiez alors

1*

cette humble maisonnette... je la reconnais bien...
c'est là sur ce seuil, sous ce berceau ;... je vous ai
laissé assez d'or pour vous récompenser et élever
mon enfant, j'ai atteint la fin de mes malheurs ;
me voici !.. rendez-moi mon fils !

— Il est mort ! affirme Ramouny qui commence
cependant à perdre un peu contenance.

Émotion douloureuse de la comtesse. Appréhen-
sions mal contenues de Ramouny que Barbotin
accable de questions sur le sujet de toutes ces vives
explications.

Mais, soudain, la comtesse essuie ses larmes et
se redresse. Cet homme la trompe peut-être ! il
aura gardé l'argent seul, et l'enfant aura grandi
ailleurs, recueilli par la charité... Qu'importe, après
tout, s'il vit ? si elle le retrouve ?

C'est qu'en effet, Ramouny a trompé sa femme
(morte depuis), et perdu la conscience du dépôt
sacré qu'ils avaient accepté ; se débarrassant presque aussitôt, et secrètement, au profit de bohémiens de passage, de ce petit enfant étranger dont
ces gens avait vanté la gentillesse, Ramouny a dit
à sa femme qu'on venait de voler l'enfant confié à
leurs soins ; puis, une fois veuf, il a fait élever à la
ville son propre fils, à peu près du même âge, et si
bien prospérer la grosse somme que la comtesse lui
avait remise, qu'il est devenu (lui naguère, le pau-

vre Ramouny) un des plus riches propriétaires de cette bourgade.

Ramouny aime beaucoup Barbotin ; il l'admire même dans ses nombreux ridicules ; il veut le marier ; et quoique Ramouny blâme l'amour effréné que son fils a conçu pour Frantzia (laquelle ne possède que cette simple maisonnette où demeurait Ramouny il y a vingt ans), Ramouny seconde Barbotin dans ses efforts pour arriver à cette union, et la hâter, malgré l'indifférence obstinée de Frantzia.

Pendant le prompt échange de l'enfant qui a eu lieu avec les bohémiens, par les mains criminelles de Ramouny, personne n'a eu le temps de s'apercevoir qu'un médaillon caché dans ses langes était suspendu au cou de l'enfant. C'était le portrait de la comtesse, de sa mère

La comtesse, se méfiant de Ramouny, et, bien assurée, d'ailleurs, de ne pas se tromper de lieu, se décide à s'informer par elle-même. Mais comment?.. le nom de ces bohémiens, prononcé devant elle, lui fait naître une idée. D'ailleurs, une fête locale s'apprête : celle des Moissonneurs. — Afin de recueillir plus facilement les renseignements et détails qu'elle cherche, et n'y pas être entravée par Ramouny intéressé à ce que le passé reste dans l'oubli, la comtesse empruntera le costume d'une bohémienne et viendra se mêler, comme devineresse, à la foule; à ce titre, elle interrogera, sans contrainte, qui lui plaira.

Ramouny, voyant la comtesse disposée à s'éloigner, se persuade facilement qu'elle va quitter le pays et qu'elle se rebute tout à fait devant cet insuccès.

Ramouny se frotte les mains, et il pousse Barbotin (tout à fait ahuri de tant de mystères) à en faire autant. Désormais, Ramouny se sent bien assuré que nul ne peut attaquer l'origine de son bien.

— Viens, viens, dit Ramouny à Barbotin (qui désirerait des explications), ce soir nous irons demander pour toi la main de Frantzia.

Il ne faut pas moins que cette assurance pour calmer l'amoureux Barbotin.

Le père et le fils reconduisent la comtesse avec de grandes marques de déférence jouée.

Frantzia, sortie de chez elle un peu après l'arrivée de la comtesse, a assisté, cachée, à toute cette scène révélatrice :

— La victime de cette affreuse intrigue serait-elle justement celui que j'aime? Le médaillon de ce matin serait-ce celui d'une mère? Mon Dieu! mon Dieu! ma tête se perd... Éclairez-moi! guidez-moi!

SCÈNE VI.

Mais déjà la foule arrive de tous les environs, parée, joyeuse et dansante.

DANSE.

N⁰ 3. — **Entrée des Moissonneurs**, *galop*, par MM. et Dames du corps de ballet.

Un attelage survient, traînant le char allégorique des Moissonneurs, couvert de fleurs, de fruits et de gerbes. Des rubans s'en échappent de tous côtés.

On lui fait fête ; on le précède ; on l'entoure des danses les plus vives, pendant que les cors des Alpes entonnent le *Ranz des Vaches*. Le vin commence à circuler. On pille les corbeilles de raisin ; on assiége les boutiques des marchands forains.

Jeux, danses et airs de la localité. (Frontière de Suisse et de Savoie.)

Dans le fond, des bandes curieuses et joyeuses de paysans et de touristes des deux sexes, en habits de gala, sautent à terre, de barques diversement pavoisées. Ils arrivent de tous les bords du lac, portent des bannières aux armes et couleurs de tous les cantons riverains, et se mêlent, avec une gaîté bruyante, aux danses et aux jeux.

SCÈNE VII.

Tout à coup, les danses sont interrompues par l'entrée des bohémiens entourant la comtesse qui les a payés et forcés, de revenir en lui faisant cortége.

La comtesse, qui a revêtu le costume des bohémiens, parcourt la foule, et, comme devineresse, regarde les lignes des mains, interroge les yeux et l'expression des visages, et, tout en écoutant ce qui se dit autour d'elle, s'irrite de ne rien entendre qui l'éclaire.

Enfin, la comtesse arrive au sceptique Ramouny et à son fils qu'absorbait seule, jusque-là, la vue de la maisonnette de Frantzia.

— Et toi, dit la devineresse à Ramouny, n'as-tu rien à me demander ni à me dire?

Ramouny, en sa qualité d'esprit fort, hausse les épaules sans répondre, et veut s'en aller en emmenant son fils. Mais la comtesse force Ramouny à rester et lui dit :

— Qu'est devenu un enfant que l'on t'avait confié il y a vingt ans?

Ramouny (sous cette coiffe, ces lunettes et ces
haillons) ne saurait reconnaître la riche comtesse ;
mais il flaire cependant un piége et répond avec
humeur et invariablement comme toujours :

— Un enfant? quel enfant?.. va te promener,
sorcière!.. Est-ce que je sais?.. un enfant?.. il est
mort !

' SCÈNÉ VIII.

Aussitôt, la comtesse, désespérée, traverse le
théâtre.

DANSÉ.

N° 4. — **La Caille,** *valse,* par MM. et Dames du corps
de ballet, interrompue un instant par l'air national du
Ranz des Vaches.

Pendant ce temps, Ramouny appelle et demande
qu'on lui apporte à boire. Il avale alors coup sur
coup pour s'étourdir, et excite son fils à lui tenir
tète, bien décidé qu'est Ramouny à ne plus s'occuper de ces gothiques souvenirs et balivernes.
Ramouny est bientôt ainsi dans la plus complète
ivresse.

Prévoyant ce résultat, et prompte à l'exécution
comme au projet, Frantzia a gagné une vieille femme

de la troupe des bohémiens ; et, sans que personne s'en aperçoive, elle l'a entraînée vivement dans la maisonnette ; puis, dans sa chambre où les spectateurs voient Frantzia quitter ses vêtements et prendre avec ceux de la vieille , son attitude cassée ; alors, refermant rapidement la fenêtre, Frantzia reparaît seule en scène à l'instant où Ramouny, tout à fait gris, répond de nouveau et impudemment à la comtesse (toujours en bohémienne et toujours cherchant) revenue près de lui :

— Je te dis qu'il est mort !

SCÈNE IX.

Bohémienne, elle a aussi, à son tour, et plus vraie, plus effrayante peut-être encore d'extérieur, Frantzia marche droit à la comtesse et lui dit tout bas d'abord avec intérêt :

— Cesse toute cette inutile comédie. Je te connais ; tu n'y entends rien. Tu n'es pas bohémienne ; c'est moi, qui... laisse-moi faire !

Subjuguée, malgré elle, la comtesse se tait. La foule s'étonne et entoure curieusement, et presque avec crainte, les deux rivales :

— Ce n'est pas une bohémienne , dit alors Frantzia tout haut en ricanant, et brusquement, à

la foule; c'est moi, à la bonne heure, qui suis
vraiment une devineresse!

— Et qui donc est celle-ci? reprend la foule avec
défiance.

— C'est une grande dame!

— Allons donc! disent, incrédules et riants, la
foule et Ramouny enhardi; tu n'y connais rien ou
tu en imposes:... Çà, une grande dame! ah! ah!
ah!..... tu mens ou tu es folle!... au lac! au lac!

Frantzia (sans se laisser le moins du monde
intimider) saisit de suite, et vigoureusement, la
main de Ramouny, lequel se débat; elle ouvre cette
main rebelle et en regarde les lignes.

Barbotin, ne sachant que croire, suit des yeux
tous les mouvements de son père et de la devineresse, sans songer à s'interposer en quoi que ce
soit dans ces étranges (et il le pense : *surnaturels*)
débats.

Ramouny se réclame en vain, de temps en temps,
de son fils, et le regarde en secouant la tête, comme
étourdi et un peu dégrisé.

Frantzia, profitant de ce trouble, tire avec force
Ramouny à l'écart et lui répète sommairement les
interrogations pressantes de la comtesse (à la
scène V).

— Qu'as-tu fait de cet enfant?

Ramouny, un instant effrayé, reprend bientôt

son impudence et son sourire ; puis il répond encore :

— De quel enfant parlez-vous ?.... un enfant ?..
il est mort...

Alors Frantzia, terrible, et du regard forçant
Ramouny à pâlir, à reculer et à trembler :

— Il vit!... je vois cela dans les lignes de ta
main.... Eh! tiens, quelle autre preuve plus acca-
blante veux-tu contre toi que ce tremblement accu-
sateur qui te saisit?.... Qu'est devenu cet enfant?..
Parle... avoue-moi tout... ne me cache rien.... Par
mon art seul je puis sans doute retrouver ici même,
peut-être, le bohémien ton complice et découvrir
ton secret.... mais alors je te livrerai à la justice
qui te fera rendre l'argent avec lequel tu t'es
enrichi... tu sais?... le produit de ton vol criminel.
Si, au contraire, tu révèles tout, de toi-même, à
l'instant, dans tous les détails et avec sincérité....
je me tairai.

Tout bouleversé au milieu de son reste d'ivresse,
par ces révélations précises dont il ne peut deviner
la source, puisque la comtesse est partie, Ramouny
hésite et bouscule son fils qui l'interroge.

Frantzia, pendant ce temps, s'est un peu détour-
née et voit Maurice plein de rêverie, qui regarde
encore son médaillon. L'idée du médaillon du matin
frappe alors Frantzia : c'est pour elle une grande et
soudaine lumière.

Aussi, revenant à Ramouny dont elle saisit de nouveau la main :

— Allons ! tiens ! tu me fais pitié....., je parlerai donc pour toi... je te dis que je sais tout....

« Un bel enfant... sur le seuil de cette maisonnette,
» la tienne, il y a vingt ans, une grosse somme remi-
» se... ah ! ah ! tu vois bien que je te connais !... Et
» puis sa mère... une grande dame fuyant rapide et
» poursuivie... Elle avait déposé au cou de cet
» enfant... dans ses langes... un médaillon que toi-
» même n'as pas vu, sans quoi, n'est-ce pas, tu
» aurais fait disparaître cet éloquent témoignage.....
» en livrant cet enfant à..... misérable ! où est-il ?
» où est-il, cet enfant ? »

A chaque question calculée de Frantzia, Ramouny ne voit pas le piége : il croit à un pouvoir surnaturel, et fait des signes affirmatifs de tête.

Enfin, Ramouny vaincu, terrifié, anéanti, avoue tout, tombe à genoux, fait de grands gestes et montre Maurice :

— Cet enfant.... eh bien !.... le voilà !

Joie profonde, mais contenue de Frantzia, dont la ruse a réussi au gré de tous ses vœux. Cependant, ce n'est pas tout, elle le sent ; il faut qu'elle achève son œuvre.

Alors, Frantzia, laissant, avec dégoût, Ramouny à son fils (plus ahuri que jamais de toutes ces énigmes), marche silencieux jusqu'à Maurice dont elle saisit et regarde la main :

— Tu n'es pas orphelin, toi, et je sais où est ta mère.... seulement, il faut que tu me remettes le médaillon qui est là.... caché.... dans ton sein.... Je ne puis, sans cela, te rendre celle que tu n'as jamais connue.... mais qui existe....

Surprise et ravissement de Maurice, qui, après un peu d'hésitation, prend le médaillon et le donne avec empressement, sans pourtant et prudemment le quitter du regard.

Une fois munie de ce témoin précieux, sur lequel, à la dérobée, elle jette un coup d'œil d'extase et d'amour, Frantzia s'adresse à la fausse bohémienne :

— Quittez ce déguisement.... désormais il devient inutile, et serait ridicule.... Je vous l'ai dit, vous êtes une grande dame.

La comtesse rejette vivement en arrière ses vêtements d'emprunt, et paraît en grande toilette. Frantzia continue alors joyeuse et triomphante :

— Tenez ! vous le voyez bien... que je sais tout... une grande dame.... absente depuis vingt ans.... la mère d'un pauvre enfant.... volé.... perdu.... dépouillé.... et ramené, comme vous, par la Providence, en ces mêmes lieux.... pour qu'il vous y retrouve....

— Quoi ?.... mais ce fils.... mais mon fils.... où est-il ? dit la comtesse, embrassant les genoux de Frantzia.

— Relevez-vous !.... ah !.... relevez-vous !.... pauvre mère !... ce médaillon.... votre image, il a été trouvé dans les langes de votre enfant, qui l'a précieusement conservé comme seul indice de sa famille. Ce médaillon... c'est bien lui, n'est-ce pas ? Frantzia remet le médaillon à la comtesse toute émue, qui s'écrie :

— Ce médaillon ?.... se peut-il ?.... Mon Dieu !

— Et votre enfant.... achève Frantzia, mettant Maurice dans les bras de sa mère qui le couvre de baisers et de larmes :

— .... Le voilà !

— Comment jamais reconnaître tant de bienfaits, tant de bonheur qui me viennent de vous, dit aussitôt à Frantzia la comtesse, détachant ses bijoux, etc., pour donner tout ce qu'elle possède à la bohémienne.

Mais Frantzia rejette, à son tour, loin d'elle, tout ce qui l'empêchait d'être reconnue :

— Non, comtesse ; je ne suis que la pauvre Frantzia ; je ne puis vouloir de votre or.... et Maurice, qui m'aimait, est trop riche désormais pour moi !

— Que dis-tu ?.... ma fille ! ta récompense ? prends ! prends-la !

Et elle unit, sur son sein, Maurice et Frantzia.

. . . .

Bien entendu, Barbotin comprend moins que jamais ; et ce n'est pas certes son père qui lui expliquera tous ces mystérieux événements !

FÊTE GÉNÉRALE.

DANSES.

N° 5. — **Polka**, *sur un air suisse*, par huit dames du corps de ballet : Mlles Bouvier, Bolzaguet, Joséphine Rey, Clément, Camille, Armantine, Joséphine et Héloïse.

N° 6. — **La Coquette**, *valse*, par Mlles Maury, Richard. Jeanne et Olympe Stellino.

N° 7. — **Pas de trois**, par Mlles Jaquetti, Céline Rosier et M. Grenier.

N° 8. — **La Rieuse**, *grand pas de deux*, par Mlle Louise Lamoureux, M. Guillemin et les dames du corps de ballet.

N° 9. — **Grand galop**, par Mlles Maury, Céline Rosier, Richard, Jeanne, et MM. et Dames du corps de ballet.

N° 10. — **La Styrienne**, par Mlles L. Lamoureux, Jaquetti, MM. Guillemin et Grenier.

N° 11. — **Final** *(fin de la Styrienne)*, par MM. et Dames du corps de ballet.

BALLETS DÉJA PARUS

DE MM. EUG. DUVAL & ERNEST GONTIÉ.

La Rose et le Papillon, un acte, musique de M. A.-J. CAPPA-MAQUEDA.

Folletta, un acte, musique de M. F. CAPURRO-TOPHANY.

Frantzia, un acte, musique de M. J. SCHAD.

Morceaux extraits de la partition de **Frantzia**, publiés pour Piano, par l'auteur, M. J. Schad, et qui se trouvent chez tous les marchands de musique de Bordeaux.

1. **La Rose des Alpes**, Romance sans paroles.
2. **Ivana**, Mazurka.
3. **La Rieuse**, Mazurka.
4. **La Caille**, Valse.